Para Kim,

mi timón.

Y para todos los que eligen animar a los demás.

Papel certificado por el Forest Stewardship Council®

Penguin Random House Grupo Editorial

Título original: *Ready to Soar*

Primera edición: noviembre de 2024

Publicado originalmente en Estados Unidos por Dial Books for Young Readers, un sello de Penguin Random House LLC, 2024

Publicado por acuerdo con Dial Books for Young Readers, un sello de Penguin Young Reader's Group, una division de Penguin Random House LLC

© 2024, Cori Doerrfeld
© 2024, Penguin Random House Grupo Editorial, S. A. U.
Travessera de Gràcia, 47-49. 08021 Barcelona
© 2024, Penguin Random House Grupo Editorial / Berta Martín Collado, por la traducción
Diseño original: Jennifer Kelly

Penguin Random House Grupo Editorial apoya la protección de la propiedad intelectual. La propiedad intelectual estimula la creatividad, defiende la diversidad en el ámbito de las ideas y el conocimiento, promueve la libre expresión y favorece una cultura viva. Gracias por comprar una edición autorizada de este libro y por respetar las leyes de propiedad intelectual al no reproducir ni distribuir ninguna parte de esta obra por ningún medio sin permiso. Al hacerlo está respaldando a los autores y permitiendo que PRHGE continúe publicando libros para todos los lectores. De conformidad con lo dispuesto en el artículo 67.3 del Real Decreto Ley 24/2021, de 2 de noviembre, PRHGE se reserva expresamente los derechos de reproducción y de uso de esta obra y de todos sus elementos mediante medios de lectura mecánica y otros medios adecuados a tal fin. Diríjase a CEDRO (Centro Español de Derechos Reprográficos, http://www.cedro.org) si necesita reproducir algún fragmento de esta obra.

Printed in Spain – Impreso en España

ISBN: 978-84-488-6884-0
Depósito legal: B-16.075-2024

Impreso en Talleres Gráficos Soler
Esplugues de Llobregat (Barcelona)

BE 68840

Echa a volar

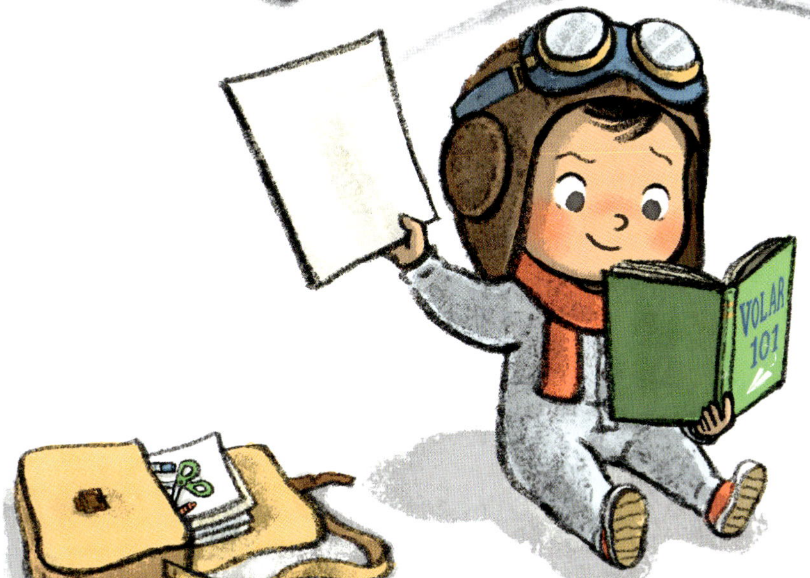

Cori
Doerrfeld

Beascoa

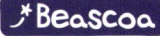

Álex se preparaba…

para probar algo nuevo.

Para arriesgarse…

y, con suerte, ¡ver cómo despegaba!

—3…, 2…, 1…

¡PARA!

—gritó el águila—.

¡Eso nunca despegará del suelo!

—Ah, ¿no? —preguntó Álex, con sorpresa.

El águila desplegó sus enormes alas.
—Soy el rey del cielo porque soy grande y poderoso.
Créeme, tienes que hacerlo más grande.

Álex sacó más papel.

—¡Vale! Eso es fácil.

Pronto todo volvió a estar listo.

—3…, 2…, 1…

¡OH, NO!

—graznó el loro—.

¡Eso no llegará muy lejos!

—¿Por qué no? —preguntó Álex.

El loro abrió sus preciosas alas, presumido.

—Solo los mejores y los que más llaman la atención destacan sobre el resto. ¿No lo ves? Tiene que ser más bonito.

Álex sacó los rotuladores.

—Vale, ¡lo haré más bonito!

Ahora ya sí que estaba todo listo.

—3…, 2…, 1…

¡PERDONA!

—vociferó el halcón—.

Eso no saldrá bien.

—Ah, ¿no? —preguntó Álex, sujetando el avión con fuerza.

El halcón dio una vuelta delante de Álex, rápido como un rayo.
—Para llegar a lo más alto, hay que ser muy ágil y tomar decisiones con rapidez. Piensa deprisa, ¡tiene que ser más veloz!

—¡Vale! —Álex echó a correr.

—3…, 2…, 1…

Pero no dejaban de llegar nuevos pájaros.

—¡Grag! Para dar la talla, tiene que ser más largo.

—¡Pí, pí! Para estar a la altura, tiene que ser más alto.

—¡Te lo aseguro! ¡Slup! Tiene que ser más fuerte.

—Prí, prí, ¡más fino!

—Uuu, uuu, ¡más astuto!

—¡Para que vuele tan alto como nosotros tiene que ser MEJOR!

Álex pensó…

que tomaría otro camino.

Empezaría de nuevo,

y tendría el valor de volverlo a intentar.

—3…, 2…, 1…

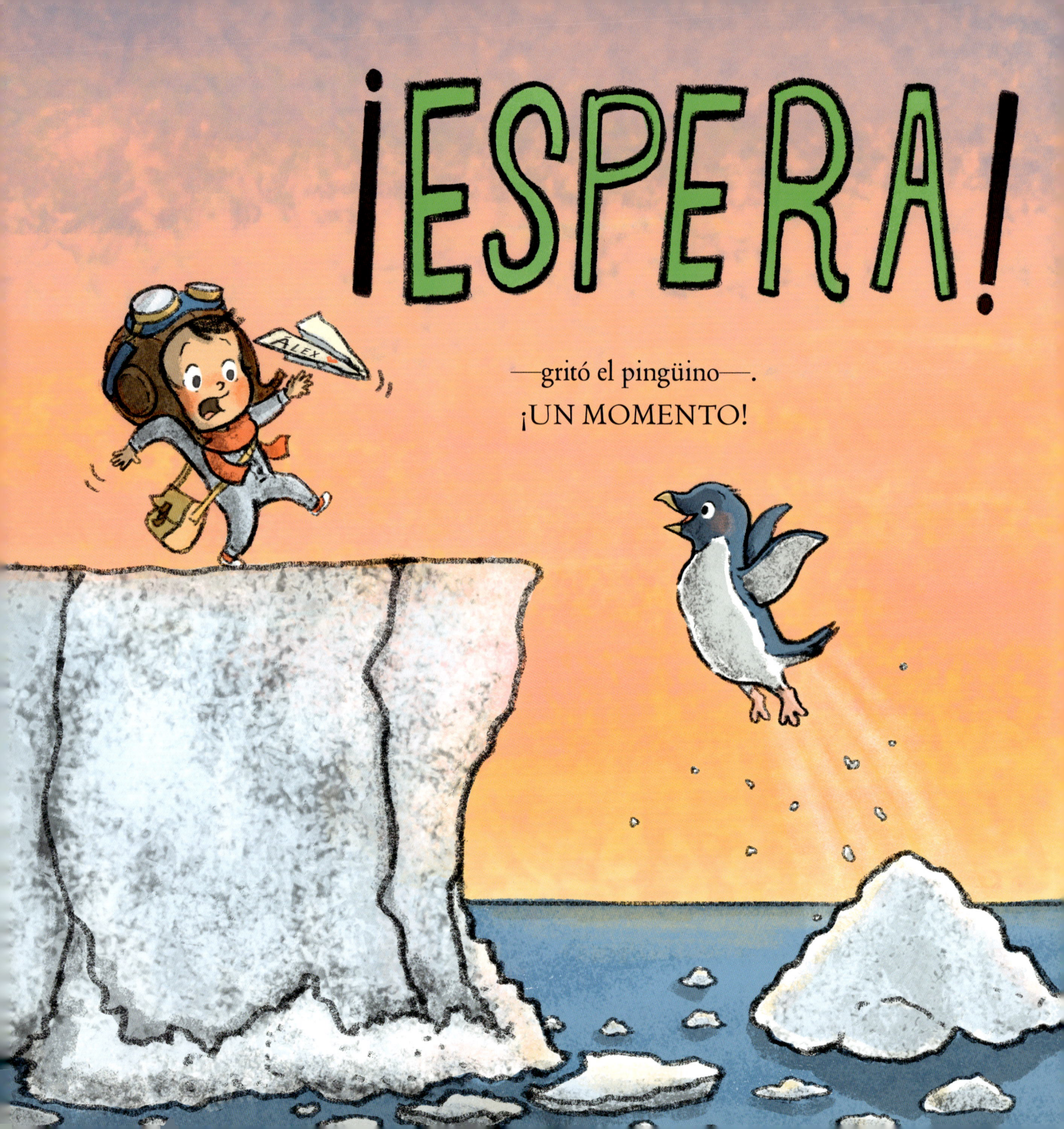

Álex ya no quería escuchar más consejos.

—¡VIVA! ¡Ya lo tienes! —dijo el pingüino mientras aplaudía—.
¡No me lo quería perder!

Álex no se lo podía creer.
—¿De verdad?

—¡Claro! —le animó el pingüino—. ¡No hay nada mejor que celebrar los triunfos de tus amigos!

Álex sonrió.
—Solo le falta el último toque.

Álex tenía claro

cuál era el cambio que le hacía falta a su avión…

Y juntos vieron cómo echaba a volar.